THE STRANGER MEET AT KANPUR

THE DESTINY OF DECENT

SUMEET KUMAR

ISBN 979-888569617-3

Sumeet Kumar

Sumeet Kumar , A adult who experiences many phases of love in his life , get broked many times , stands up every time and keep moving to the next phases of the life.In reality he is a writter as well as singer (as a hobby). Very exciting and interesting fact about him is that he is aauthor of New era i.e. he starts his journey of writing at the age when he was going to schools to get the study . His some famous works i.e. Maturity Of Love (Genre - Love),Privacy For Dream (Genre - Middle Class), Army Squad ofLove (Genre- The Seperation of Army Love), 5 Days of Love(Genre- Temporarily Love), Th e Endearment Of Love(Genre - Historical Era Of Love), Social Destruction Indo-Pak (Genre - The Story of The Love At The Time Of Division Of India And Pakistan), Middle Class Soul (Genre - The Dreams of Middle Class), The Accursed Kanatpur (Genre -The Horrific Story Of A Village), Wrong Number (Genre -The Suspenseful Physco Killer Story), The Secrecy OfDeadly Midnight (Genre - The Suspense About a Crime),Fragile Religious Of Death (Genre- The Death Of A TrustfulPerson), Nature Vs Science (Genre - The Future Battle Between Nature And Science In A Horrific Way), Generic Man (Genre - The Dream of I.I.T), The Unconsious 12 Hours(Genre - The Illusion At Stage Of Comma), The StrangeBurden (Genre - The Burden Of Love) , Her Existence (Genre- The Female Pain In The Society) , Jockstrap Prize (Genre -The True Story Of A National Athlete) , H Man [Hindi] (Genre - Superhero Tragic Story), H Man [English] (Genre - Superhero Tragic Story) , Maturity Of Love [Englsih] (Genre - Love) and many more are available on various geners on the offcial platform of **Amazon, Flipkart and Notionpress.** You can buy them from there.

Contents

ACKNOWLEDGEMENTS

Aman Kumar

Special Thanks to **Aman Kumar** who worked so hard in the preparation of this book. He has continually put with my passive voice, omission of words, and late night calls. You have be en wonderful. Thanks to him for his precious time in reviewing proposals , individual chapters

and early drafts, along with his suggestions on the
applicability of the material to the world.

I

Time Watches Everything

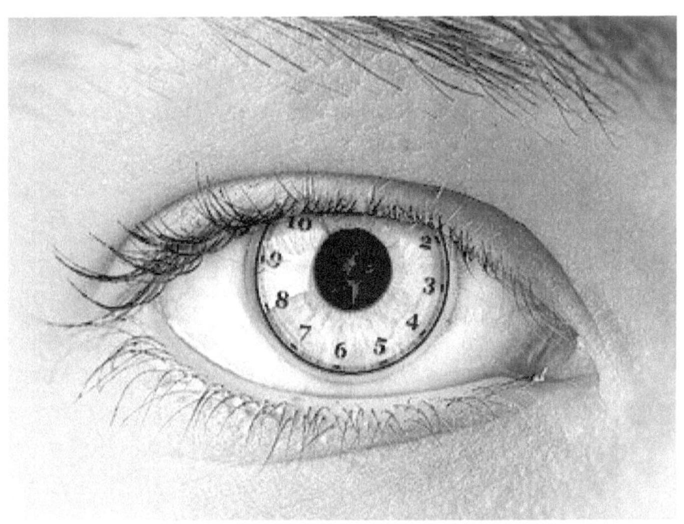

Rishte jab haadse bann jaye toh vo taqleef dene lagte hai kyunki asliyat mein unki har ek tarfa baateion jo ham ek dusre le liye karte hai hai vo toh ek dikhave ki hee pechaan hoti hai agar kahi galti seh bhi sachai ki murat dikha de toh tazurba jhakm ki deeware hee banata hai ,ish mehfil mein agar kishi me dard ki wajah dekhi hai toh sukoon ke lamhe bhi ushe zarror dikhe hoge ,per ha asliyat mein vo kishi saksh se bash baatna nahi cahta ,khusiyan vo tijuri hoti hai jisse rishte aur bhi gehre hote hai agar vo kishi rishte mein na ho toh phir vhi veeran shi raahe dikhti hai unke beech jishe ham kabhi dekna bhi nahi cahte ,agar koi saksh kishi dusre sakhs se mohabatt karta hai toh phir apne dil ki baat batane ke liye ushe koi teesra kyun chaiye ,aishi toh baat nahi ki vo apne alfaazo ki pratima apni mohabatt ke samne jahir nahi kar sakta ,halat badalte hai ,log badalte hai ,fidrat bhi badalti hai per waqt ka aayana vhi rehta hai ,aur kitni baar ye baateion kahu ,aur kitni baar ye sifarish karu mein usse ki aab har chuka hun ,per aab mehfil mein toh vo aasyun bhi nahi bache jiski wajah seh mein ushe rauk sakun , mohabatt ki baateion kuch ish tarah seh hai ki ham kuch pal toh sath rehne ki kasme khate zarror hai per nibhane ke liye purri umar bhi kam parti hai ,jo saksh khud ko khone seh bhi darta hai agar vo kishi seh mohabatt kar le na toh uski fidrat ki sururaat bhi ush waqt marg ki siyaasat seh hoti hai ,
khair baateion ki gulam abhi waqt ke pehle karne ki koi gujarish nahi hai ,per ha rishte ki sifarish zarror karna cahta hun ,vo rsihte jiske ke liye har ek saksh khud ki khushiyan chhod kar kishi aur ki mehfil mein khamosh rehta hai ,zindagi mein tauzurbe ki kami hai janta hun ,per mohabatt har kishi se sacchi nibhai ye bhi janta hun ,log sath chhod dete hai toh koi gam nahi per jab mein khud ko bhul jaata hun toh sayad lagta hai ki aab mehfil mein vo

baateion mujseh aur aage badh chali hai ,mein ye baateion kyun keh raha hun m,ein khud nahi janta kyunki kabhi kishi cheez ko maine apni zindagi mein purra hee nahi kiya hai ,ushi tarah seh rsihte bhi kuch ushi tarah ke meri tamana hai jinse mein kaffi durr hun ,samaj kehta hai waqt ke sath jhakm theek ho jate hai ,per ye kaishi dard ki talim aur jhakm ko jhel raha hun mein jo kaam hone ki wajah aur mere aandar ek nayi jagah bana raha hai khud ko mehfooz rakhne ke liye ,.cahta toh mein bhi ki ye mujseh durr chala jaye per phir bhi khairat kyun hai mujhse ishe cahne ki ? durr kyun nahi ja pata mein ,kyun har waqt khud ko taqleef mein dekhna cahta hun ? aur kyun har waqt khamoshi mein un gaaliyon ki mohabatt banna cahta hun jisse mujhe behad nafrat hai .

SAFAR KHATM
HONE
SEH PEHLE
EK
GUJARISH
ZARROR HAI
KI
MUJHE KISHI
KA
HISSA MATT
BANANA
KYUNKI
MEIN
RISHTE NIBHANE
MEIN BADA
KAMJOOR
HUN .

umar ki koi zindagi nahi hoti hai per ha ek khairat zarror hoti hai agar koi saksh aapko khud seh bhi zayad mohabatt kare per ish zindagi mein mohabatt toh vo badnam mohalla hai jiske aas pass bhi vhi rehn sakte hai jinhone ne barbadi ke har ek manjil ko apni aankheion seh mashurr hote hue dekha hai ,mere rishte bhi ush ek saksh ke sath kuch aishe hee thhe ,mein aaj bhi khud ko unti hee taqleef jitna mujhe ye lagta hai ki mein galat tha ,per dil aur dimaag ki fidrat ne kabhi ye kaha hee nahi ki tu galat hai ,phir kyun aisha mahasoosh karta hun mein ,mein kyunk khud ko uski najron seh durr rakhan cahta hun ,kyun bewajah har jagah uski yaadeion seh bash bhagna cahta hun ,aur khud ko mehfooz rakhna cahta hun ,kyunki jeene ki gujarish toh mujhe bhi nahi phir mein jeene ki khairat ko har waqt jinda kyun rakhta hun ?

ish saval ke javab ko maine har un deewaro seh puch liya hai jaha kabhi ush saksh ne mujhe mohabatt ki har vo baateion sikhai thi ,per aaj tak un deewaro ne khamoshi ke ilava kuch aur baat nahi kahi hai ,mein har waqt unse matr ek saval hee puchta hun kya vo sahi thi ? yeh kya mein galat tha ?

log kehte hai ek umar ke sath mohbatt ho toh theek hai ,yeh agar ek umar ke sath rsihte bane toh vo bhi theek hai ,per unhe kaishe samjhayun ki umar seh ham kabhi mohbatt kar hee nahi sakte ,akhir kar tazurbe seh log mohabatt kaishe kar sakte hai ? mohabatt toh barbadi seh hoti hai na ,ush saksh seh hoti hai na ,ush saksh seh hoti jisse ek mulaqat ke liye ham purri raat apni neend ko apni barbadi ki wajah bana lete hai .

kehte hai jab kishi saksh ko ek mehfil seh ghutan hone lage toh ushe ush waqt hee ush mehfil ko alvida keh dena chaiye ,per mere hisse mein toh meri zindagi hee ek ghutan bann chuki thi ,mein ushe kaiseh alvida keh deta

,agar vo ish duniya mein kishi aur ke hisse mein khus hai
toh mein kyun nahi reh sakta ,mujhe kyun samaj ki har vo
baateion sunni hai jo mujhe har waqt kamjoor kar deti hai
,mujhe har waqt ye aehsaas dilati hai ki mein sahi hokar
bhi galat hun ?
do anjaane saksh mite hai ,unke beech baateion hoti hai
,dard ki har ek wajah ko vo ek dusre ko sunate hai ,phir
kuch pal sath rehte hai ,aur uske baad ek dusre seh durqat
le lete hai ,kya ishi ko mohabatt ka naam de dete hai ?

KI SAKSH

BADA

JALIM HUN

KYUNKI MEIN

KISHI KE JAJBAAT

NAHI SAMAJ

PATA

YE BADI FURSAT

SEH USNE

MERE

BAARE

MEIN KAHA

THA

PER EK SAVAL

KI QAFAS

MUJHE AAJ

BHI PARESHAAN

KARTI

HAI USKI

MOHABATT MEIN ?

KI AGAR

VO SAHI

THI TOH

MEIN GALAT
KAISEH HUA ?
KYUNKI USHI NE
KAHA THA
KI HAM
DONO
BILKUL
EK JAISHE
HAI .

un rishto ko kya kasoorbaar manu jinhe ye khud bhi nahi
pata ki vo ek saksh ko kishi dusre saksh ke sath jodte hee
kyun hai ,ish duniya mein bahut kam aishe log hai jo hai
ruhh ki mohabatt seh waqif hona cahte hai ,kyunki bakiyo
ki mohabatt toh jisne seh suru hoti hai aur jism per
khatam bhi ,agar ish duniya mein har ek cheez zarrori hai
toh phir mohabatt bhi zarrori hai ,kyunki agar saksh
adhura hai toh ushe bhi uski mohabatt hee purra kar sakti
hai ,per ye zarrori nahi ki vo mohabatt kishi anjaan saksh
seh hee ho kyunki khud seh mohabatt bhi badi lajavab hoti
hai .per kuch log aishe bhi hote hai jo khud ki mohabatt
bhi unhi gaaliyon mein bhul jate hai jaha unke aasyun ki
bhi koi keemat nahi hai ,khud ke baare mein kuch aishi
baateion bhi batane vala hun jishe aap sab jaankar sayad
mujseh nafrat ki khawish karne lage ,per mein ush nafrat
ki wajah bhi sayad na jaan payun ,kyunki jish tarah ki
mujhe mohabatt thi ,sayad hee koi aisha saksh hoga ,ish
duniya mein jo meri tarah mohabatt kar sake .

ek rishte ki sururaat tab nahi hoti jab log ek dusre se milte
hai ,unke beech baateion hoti ,phir vo ek dusre ko acchi
tarah seh jante hai ,mein ishliye ye baateion keh raha hun
,kyunki vo ek dikhava hai ,ek kalpana hai jo log ek dusre

ke baare mein sochte hai ,ek dusre seh umeed karte hai ,per kuch log ye toh meri baateion seh ye bhi samajh rahe hoge ki rishto mein jabtak mohabatt na ho tab tak vo purre nahi hote ,per asliyat mein kahu toh ish duniya mein mohabatt seh badi aur adhuri cheez koi bhi nahi hain,toh rishte bante kaishe hai ? ye saval toh aap sab ke mann mein bhi zarror kuch alag tarah ki pechaan bana rahi hoga ?

rishte vo banabati sehar hai jinke mohalle ki koi baat nahi karna cahta ,per rehna sab cahte hai , ,mujhe pata hai ye baateion aap mein seh kishi ko bhi kuch samaj mein nahi aa rahi hogi,vo isliye kyunki mein rishto ki tulna sehar seh jo kar raha hun .per sahi toh kaha maine rishto ke baare mein ,yeha log rehte zarror hai per anjaan ki tarah ,baateion hoti toh zarror hai per jaha mehfil veeran hai ,khusiyan milti zarror hogi per gam ke hisse mein , asliyat mein rishto ki sachai hee ek umeed seh hoti ,ek aishi umeed jishe ham tab dekhna cahte hai ,jab hame khud ko khush karne ki wajah milti hai ,beigairat bewajah hee log ek dusre per ye iljam lagate hai ki mein tumhari mohabatt panne ke liye kabr ki khawish bhi bann sakta hun ,kyun log ek dusre se ye bolte hai ki maine ham dono ke rishte bachane ke liye bahut kuch kiya hai ,har vo waqt tumhe diya hai jo mein khud liye rakh sakti thi ,yeh rakh sakta tha, ek saval hai jo mein un sab seh pucha cahta hun jinke beech asliyat mein vo rishte nahi hai ,per dikhava sab kar rahe hai ek dusre ke sath rehne ka ,ki aap kaishi mohabatt aur kihsi tarah ke rishte nibha raho ho jisme ye aeh saas dilana per raha hai ki maine tumhare liye ye kiya ,mein tumhare liye vo kar rahi hun ,maine tumhare liye sab kuch chhod diya .
rishte ko sachai ye toh kabhi nahi hoti na ki aap ne jo pal

ek sath gujare hai ,vo yaadeion jo sath mein rehkar banayi hai ushe aap ek haadse ka naam dekar ek dusre seh furqat le lete ho ,agar vo rishte niha hee nahi sakte toh ek dusre ke samne vo juthi kasme aur vaade nibhane ki baateion hee kyun karte ho ? kyun ek fareb ki duniya ko mohabatt mann lete ho aur aage jakar ushe ek aishe rishte ka naam de dete ho jishe aap kabhi nibha hee nahi sakte .

ek jhakm ko bharne ke liye log mohbatt ka hee sahara kyun lete hai jo hazaro gam dekar bhi apni mehfil mein bade shaan seh rehte hai ,ushe taqleef nahi hoti ,log aasahni seh apni zindagi mein aage badh jaate hai ye sab kehta hai ,per sachai toh aaj bhi yehi hai ki koi bhi aage nahi badhta bash waqt ke rishte badal jate hai , vo bhi khusiyon aur gam ke badal mein , rishte kabhi bhi ek tarfa nahi nibhaye jaate bilkul kishi ki sacchi mohabatt ki tarah ,agar koi ek dard sehta hai toh dusra bhi uske dard ko dekhar khud ko taqleef dene ki gujarish karta hai ,agar ek kishi wajah seh khush hai to vo dusre ko bhi apni khushi mein shammil karne ke liye kayi wajah dhund tha hai ,aashan nahi hoti u hee mohabatt kayi jhakm sehne parte hai ishe paane ke liye tab jakar kahi yeh ek rishte mein pechaan banti hai.

KI ARZ

KIYA HAI

MUJHE AAB

UN GAALIYON

MEIN

JANA NAHI HAI

DARD KI

SIFARISH

KO PHIR SEH

DOHRANA
NAHI HAI
VO KHUSH
HAI APNE
DOSTO
KE SATH
ISHLIYE MUJHE
AAB SE
APNA CEHRA
PHIR SEH
DIKHANA NAHI
HAI .

khair alfaazo ki talim toh bahut ho gayi ,agar isse zyada apne sabd jahir kr diya toh sayad jo meri kahani sunne vale hai kahi unhe taqleef na ho jaye ,ishliye baateion toh ho gayi ,ab ek mushafir ki tarah ki un gaaliyon mein chalta hai jaha seh ush rishte ki sururaat hui thi ,aur sayad aap use mohabatt ka bhi naam de sakte ho ,per mere khyal seh vo mohabatt ho hee nahi sakti aur vo kyun nahi ho sakti vo aap khud hee dekh le .

II

Broken In The Arms Of Family

Zindagi agar aashan ho toh jeene ki umeed thodi badh
jati hai ,per asliyat unke khwaab ushi waqt seh aapseh durr

hone lagte hai ,ish zindagi har kishi ko ek aadat ho gayi hai ,kishi seh ladne ki ,khud khamosh rehne ki ,kayi tanhaiyo mein khud ke baare mein sochne ki ,aur mein aisha kyun bana aur kisne mujhe aisha banaya ush wajah ke peeche bhagne ki ?kehte hai ek parivaar kihsi ko jodd kar rakhta hai ,ushe todne ki riwayat kabhi nahi karta ,agar kishi koi kihsi parivaar mein bahut kamjoor hai toh iska matlab ye toh nahi ko aap ushe khud seh alag hee kardo ,yeh iska matlab ye bhi toh nahi ki agar vo galat toh ushe kabhi maff hee matt karo ,galtiyan insaano seh hee hoti ye bachpan seh suna tha ,aur ye bhi suna tha ki insaan ko hamesah teen mauke milte hai ,per meri zindagi sayad ish cheez ki likhawat hee nahi thi ,ishliye toh unhone mauka hee nahi diya mujhe meri baat rakhni ,aaj jihs haal mein bhi hun ,khush toh nahi hun ,per sukoon hai ki mein galat nahi tha ,aur ish baat ki behad khushi hai ki aab koi mere sath nahi hai ,kyunki sayad ish safar maine khud ka hee sath chhod diya hai ,aur jeene ki ush har aash ko khud seh alag kar diya hai ,aab kehne ki baateion bhi har waqt ush ush khamoshi ki yaad dilati hai jishe mein dekhna nahi cahta , na hee uske baare mein kabhi baateion karna cahta hun ,mein galat tha ye log samjahte hai yeha tak ki jinhone ne mujhe janm diya hai unhe bhi mere baare mein yehi lagta hai ,khair ye baateion kitni sahi aur kitni galat hai ye toh purri kahani jaan kar hee pata chalegi toh chaliye sunte hai vo anshuni kahani jismein dard ki har vo deeware tutt gayi thi jishe mein mehfooz samjhatha tha khud ke liye .

toh ye kahani ush jagah hai jisse mein kaffi anjaan tha ,per sayad vo sehar mujseh kaffi waqif tha ,matlab ye kahani KANPUR ki hai ek aisha jiske naam mein uski pechaan chupi hai ,mera kehne ka matlab ye nahi ki yeha ke log kuch zyada hee upar sunna pasand karte hai ,mera kehne ka matlab ye hai ki yeha ke kaffi acche hai ,per sayad yeha ki mohabatt kuch khaas nahi hai ,mein ARUN PATHAK ek aishe ghar ka ladka jaha ke asool hee unke liye sab kuch thhe , ek tarah seh unki zindagi thi pathak parivaar ke liye ,asool seh aap kishi ki mohabatt nahi jeet sakte ,na hee aap kishi tarah ki ijjat hassil kar sakte ho ,per ha ek cheez hai jishe aap hassil bhi kar sakte ho ,aur vo aapse kabhi durr bhi nahi jayegi,vo khud ki eemaanadaaree hai ,khud ki khushi hai ,aisha mera manna hai , per hamar pita ji jinki soch unke asool ke baare mein bilkul alag hai , waiseh unka naam ANIRUDH PATHAK hai peseh seh ek nyaayaadheesh hai ,per sayad unhone har waqt uski pratima hasiil kar rakhi thi ush waqt bhi ishliye vo ye kehte hai ki dhan ,daulat ,aur santaan bhi yeha tak agar asool ke samne aaye toh hame bina kuch soche apne asool ko aage rakhkar bakki sab ko peeche rakhna chaiye ,asool zindagi mein vo gyaan hai jo koi bhi dubaran hassil nahi kar sakta ,ye hamare pita ji ka manna tha ,maine bhi bachpan seh yehi sikha tha ,per ye baateion kitnai sahi thi ,aur kitni galat isse toh mein bhai kabhi waqif nahi thai ,bachpan se lekar ush din tak papa ne jo bhi kaha tha maine vo sab mana ,mein kabhi bhi na toh apne parivaar ke khilaf gaya tha ,na jaane ki koi umeed mere mann mein ush waqt jaagi thi ,per kya karu yuva hun na toh aadat hai kabhi na kabhi toh chhot hee jati hai ,jo baateion papa kehte thhe ush waqt se lekar aaj tak sayad vo aab dil tak pauchati nahi hai ,aisha kyun nahi ho sakta ki vo bhi galat hai ,aur mein sahi hun ,per mein hun galat hun duniya ki najron mein aur vo sahi kyun hai ? aishi baateion hamesha apni ma seh bolta tha .

kehta hai jab ek insaan apni khud ke najron mein kuch ish kadar girr jata hai ki ushe uthane ke liye bhi ush waqt do kandhe kamjor parte hai ,meri bhi halat ush waqt kuch aishi hee thi mein jaan hee nahi paayan ki papa ki vo har ek baatein sacchi thi ,unhone toh apne asool ko chunkar mujhe lag kar diya tha ,per sayad mein apni mohabatt ko unke samne chunkar bhi unhe khud seh alag nahi kar paaya .

khair sayad agar isse aage bol diya toh apni purri kahani bhi apne rishto ki tarah adhura chhod jayunga ,ish kahani ki sururaat jab hui ,ye ish adhuri kahani ki sururaat tab hui jab mein KANAK seh pehli baar mila tah , vo baki ladkiyo seh kaffi alag thi ,uski baateion uski fidart ,uski soch ,aur har ek cheez baki ladkiyo seh kaffi alag thi , maine ush waqt sirf uski ek hee jhalak dekhi thi ,aur ushi jhalak toh mein ush waqt uske peeche purri taarh seh pagal hu chuka tha ,waishe ye baateion bata dun ki vo mere papa ke dost VIKRANT UNCLE ki beti thi jo ki asliyat mein kaffi sakht thhe ,aur rehte bhi kyun nahi akhir kar ek COLONEL jo thhe ,waiseh ek baat aur bhi bata dun ki mera dad aur vikrant uncle kaffi acche dost thhe ,kyunki dono bachpan ke classmates bhi thhe aur vo aapas mein ek sath bade bhi hue ,per unki kismat mein sayad ek jaishe kaam nahi likhe thhe ,per thhe toh dono bhartiye hee ,toh unke khoon mein nyaay ke ilava koi aur baat jehan mein kaishe ho sakti thi .

dad bhi mujhe bilkul vikrant uncle ki tarah hee banana cahte thhe ,per mein ye kabhi nahi cahta tha ki mein unki tarah kabhi bhi banu ,kyunki meri fidrat hee nahi thi vo ,per iska matlab ye bilkul nahi hai ki mein apne desh seh pyaar nahi karta ,mere bhi shiddat utni hee apne desh ko mehffoz rakhne ki jitni ki seema per hamare fauji bhaiyo ke aandar hai .

per ush waqt na toh desh ki baateion na hee dad ke sapno

ki ,baateion toh ush waqt un rishto ki thi jishe mein sayad nibhana nahi cahta ,na hee unke liye tayar tha ,nihabne ki baat toh unke samne tab karta na jab mujhe ye baat pata hoti ki akhir rishte hote kya hai ?yeh sayad unse waqif hokar bhi unhe nibhana nahi chahta tha .

"*KUCH PAL*
THHE
MAUT KE
KAREEB
MERE
ZINDAGI KE
NAYAB HISSO
MEIN JO
KABR MEIN
THHE
MEIN ZINDAGI
KO MAANG
TOH
RAHA
THA PER
USKI INNAYAT
MERE
KHWAB
MEIN
THHE .

"

III

A Pain Of Smile

Kuch aishe bhi rishte hote hai ish duniya mein jo na cahte hue bhi hamse ish kadar judd jate hai jinse ham kabhi alag ho hee nahi sakte ,aur agar alag hone ki koshish bhi kare toh khudh unki qafas mein ham ish kadar khamosh ho jate hai ki ush waqt ham khud ke wajood ko bhul jate hai ,sayad mere aur kanak ke beech bhi ush din kuch aishe hee rishte banne vale thhe ,jo ki na ush waqt ush majoor thhe na hee mujhe ,mein nahi cahta tha ki mein ek aishe rsihte mein bandh jayun jishe mein kabhi nibha hee na payun ,per koshish toh sab ne behad ki aur sayad ush waqt vo kamayaab bhi ho jate ,per meri fidrat un rishto mein judne ke thhe hee nahi ,ishliye maine vo kiya jo mujhe sayad nahi karna chaiye tha ,dad aur vikrant uncle ne ham dono se puche bina hee ham dono ki shaddi tay kar dii thi ,per masla kuch aisha tha ki kanak bhi kihsi seh pyar karti thi ush waqt aur mein bhi per ham dono ush waqt apni mohabatt se anjaan thhe (mujhe pata hai ye baateion aap logo ko bilkul nahi samja aa rahi ho gayi ,maine pehle hee bola tha ki ye kahani purri kabhi hui hee nahi ,ye ek aishi adhuri kahani hai ,jishe mein na toh ush waqt purra karna cahta tha ,aur sayad abhi bhi nahi karna cahta hun ,kyunki en sab ke baad jo kuch bhi ham dona ne mahasoosh kiya sayad vo kuch theek nahi tha ,ham dono ke liye).

toh haadse kuch aishe thhe ki jish din hamari shaddi thi ,ush din waqt per na toh dulha tayar tha ,aur na hee dulhan tayar thi ,kyunki ham dono ko mohabatt ho gayi thi aur jisse hui thi sayad ham kabhi unse mile hee nahi thhe ,agar seedhe sabdo mein kahu toh hamari mohabaat social networking vaali thi,aur kuch aishi thi ki na mein toh ush ladki seh kabhi mila jishe mein khud se bhi zyada pyar karta tha , aur na hee kanak ne kabhi ush ladke seh mili jishe vo khud seh bhi zyada pyar karti thi ,ham dono bhi vikrant uncle aur mere dad ki tarah kaffi acche dost thhe , vo bhi bachapn seh ,per hame kabhi bhi ek dusre ki mohabatt ke baare mein kabhi kuch kaha hee nahi ,kyunki hame khud bhi ush waqt ye baat pata nahi thi ki ham dono jishe pyar karte hai vo sakshs hai kaun akhir mein ?
khair haadse ki baat batana hun ,jab dad ne vikrant uncle seh bola ki kanak aur arun ko bula lo muhrat ka waqt ho gaya hai ,aur pandit ji bhi bakki rashme karne ke

liye kab seh bol rahe hai ,kaha hai vo dono ? jaldi bulao unhe ,thik hai tu chinta matt kar anirudh mein dekhta hun ,kaiseh batata unhe ki dulha toh kab ka bhaag chuka hai apni dulhan ko chhod kar apni ush mohabatt ke peeche jisse vo aaj tak kabhi nahi mila ,sirf khwaabo mein mein usse mila tha ,asliyat zindagi mein toh uski baateion hee mere jeene ka sahara bann chuki thi ,aur rahi baat dulhain ,jaishi meri kahani waishi hee kahani bilku ushi tarah har ek paane ki likhawat jaishe ek tarah ki hoti ushi tarah seh hamari likhawat bhi bilkul ek tarah ki thi ,ham dono nikle toh sath mein thhe ,per ek dusre ko bina bataye vo bhi filmo mein ki tarah apne hone vale pati kae naam yeh apni hone vali patni ke naam ek patr chhod kar .

mujhe pata hai ham dono ki baateion matlab meri baateion aap sab ko samajh bilkul nahi aa rahi hogi ,per kismat ke haadse hee kuch aishe thhe ,ham dono ki mohabatt bhi ek jaishi thi aur fidart bhi bilkul ek hee tarah ki ,sirf fark toh itna tha ki ham dono hee ek jaishe nahi thhe ,jo letter hamne ek dusre ke naam likhe thhe vhi letter aab vo padhne vale thhe jinhe sayad ish acheez ka andaza bhi nahi tha ,maine pehle hee kaha tha ki dada apne asool ka kaffi pakke thhe ,unke liye parivaar baad aur unke emotions baad mein aate thhe ,usse pehle unke asool ki baateion pehle aati thi ,ush din kuch aisha hee hua jaishe hee dad ne vo letter padha ,unhone na toh ush waqt kuch aur na hee kishi ko kuch kehne diya ,bash meri photo uthayi aur ush havan jaha ham dono sath chakaar lagane vale thhe vo bhi zindagi ,ushi havan dad ne meri tasveer ke saath tukde kar ke daal diye ,aur vikrant uncle bhi kaha chup baithne vala thhe akhir kar une dost jo thhe ,unhone bhi vhi kiya jo unke dost ne mere sath kiya tha ,matlab kanak ki photo li aur uske bhi saath tukde kar ke ushi havan mein daal diye ,khair seedhe tarreqe seh toh hamari shadi nahi hui ,per ha agar ek tarreqe seh dekhi jaye toh ho bhi gayi thi ,per hamari nahi hamari tasveero ki vo bhi aapas mein ,ush din ek baat aur bhi purri tarah seh samaj gaya tha ,ki shaadi do aatmao ka hee milan nahi hai balki do tasveero ke bhi milan seh shadiyan ho sakti hai .ush din ke baad na toh mere dad ne meri khoj ki aur na hee vo wajah jaanne ki kabhi koshish ki aur na hee pane bete ko kabhi vaapas apnane ki riwayat ki ,unhone ush din hee keh diya tha ki aab hamara ek hee beta hai ,jo ki mera bhai tha HAYAT ,ush din na toh ma na kuch kaha dad seh na toh kishi aur ne ,kyunki vo jante thhe ki unke liye kaun zarrori hai ,agar vo mera sath dete toh sayad vo bhi meri jagah hee hote ,per vikrant unclne ne aisha kuch bhi nahi kiya ,mein manta hun unhone kanak ki tasveere ush waqt havan mein daal dii thi ,per vo mere dad ki atarh bilku nahi thhe ,unhone sirf dosti ke kuch niyam nibhaye thhe aur kuch nahi ,per sayd naraj thhe ,vo ish baat seh ki kanak ne kabhi apne pyar ke baare mein unhe kabhi bataya hee nahi ,kyunki ushe yehi lagta tha ki vo inkaar kar dege ,har fauji ke pass ke aandar ek dil hota hai ,unke pass bhi vo jajbaat hote hai ,per vo kishi ke samne ishliye jahir nahi karna cahte ,kyunki unhe apne desh ki chinta ,unhe aap desh ki raksha karni hai .

per aisha kuch bhi nahi hua ,kanak ke dad ne matlab vikrant uncle ne ushe kaffi dhundne ki koshish ki ,per vo jish jagah thi ush jagah ko sayad mein bhi nahi janta tha ,aur jaha mein tha sayad vo bhi meri baare mein kuch bhi nahi janti thi ,per kehte hai na kismat mein agar kishi ko milna hai toh vo ek hee janm mein kayi baar mil jate hai ,aab hamari kahani mein vo morr aane vale hai jishe sunn kar aap sirf hairaan nahi hoge, uski jagah aap sab ek aishi kalpana ki pechaan bann jayoge jishe aam bhaasha mein ulajhan kehte hai ?

"

KI KISH
SAFAR KI
UDAAN
MEIN
FASH CHUKE
HAI SHAAN
SEH
NA HEE
KOI
MUSHAFIR
NAJAR
AA
RAHA
AUR
NA
HEE
KISHI
MANJIL
KI
AASH HAI."

IV

The Confusion Between The Strangers

Ish duniya mein ek din mein kayi haadse ,kuch haadse sahi hote hai toh kuch haadse galat bhi hote hai ,aur kuch haadse aishe hote hai jo hamare dil aur dimaaga seh jaane ka naam hee nahi lete hai ,aur mere sath bhi ush waqt yeh u kahiye ki ham dono ke sath bhi kuch dil aur dimaag vale hee haadse hue thhe ,matlab ham ish cheez seh bhaag rahe thhe akhir kar vhi cheez hamare samne aa gayi thi ,aur kaishe aayi ?aur kab aayi ye aap sab khud hee apni pyaari aankheion seh dekh le .

toh ush din hua kuch aisha ki mein aur kanak ush din bhaag toh gaye thhe ek dusre seh durr aur ek dusre ki mohabaat ke liye ,per sayad kismat ko ye bhi cheez ush waqt manjoor nahi thi ,ki ham ek dusre seh kabhi bhi durr ho jaye ,aap sab seh yeh anurodh hai ki ish cheez kripya kar ke ulta na samjhe ,mera matlab hai min pyar toh ushi ladki seh karta tha jisse mein pehli baar ush social networking site per mila tha (mein ek cheez toh bhul hee aap sab ko batane ke liye ,ki ush social networking app ka naam kya tha ,jinhone ham dono ke rishto ko aisha pakka kiya ki ham ek dusre ke sath vhi per fash kar reh gaye vo bhi purri zindagi bhar ,yeh adhuri zindagi bhar ,ish cheez ka bhi pata aage ke haadse dekhkar hee pata chalege waiseh ,phir seh bhul gaya maine toh ush social networking aap ka naam hee nahi bataya waiseh ,waiseh ush app ka naam "RISHTE JODO AUR KHATAS TODO " mujhe pata ish app ka naam sunkar aap sab ko bhi utni hee hairanai ho rahi hogi jitni ush waqt mujhe huit thi ,matlab ye koi naam nahi balki kihsi parivaar ki kundi lagti hai ,jab maine pehli baar ish app ka naam suna vo bhi ush saksh se jisne aaj tak shaddi hee nahi ki .

khair rasto seh hatne ki gujarish abhi nahi kar sakta ,varna un haadso ka zikr sayad mere lafzo mein adhuri reh jaye jo ki na toh kaffi hadd tak mujhe manjoor thi aur na hee kanak ko ,ush din jab ham dono khud ki shaddi chhodkar kkishi aur ke liye apne ghar aur parivaar ki ijjat ki bali dekar jab ham vha seh nikle toh ,mein toh seedhe vha seh goa aa chuka tha ,vo bhi uski taalash ,kyunki jab ham don ke beech akhiri baar baat hui thi tab maine usse puch liya tha ki kya ham mill sakte hai ,kyunki agar mein tumse abhi nahi mill paya toh sayad kabhi nahi mill payunga ,ishliye usne mujhe goa aane ke liye bola tha ,usne ek aadresed bhi diya tha jo mujhe sayad yaad hai bhi yeh nahi per maine likha zarror tha , GOLDEN TULIPGOA CANDOLIM , bash mujhe itna hee pata ki usne mujhe yehi bulaya tha ishi ke aas pass kahi sayad ,matlab aap sab bhi soch rahe hoge ki yeh kish tarah ki mohabatt jisme na toh apne hamdam seh mein kabhi mila ,na hee ushe iske pehle kabhi maine dekha hai ,na hee usne mujhe kabhi dekha hai ,sirf alfaazo seh aur lafzo seh mohbaatt kaiseh ho sakti hai ?

sach kahu toh log ish duniya mein mohabatt sirf lafzo ke jariye hee karte hai ,mera kehne ka matlab ye hai ki jism toh matr ek jariya hai kinhi do premio ko aapas mein milane ka ,aur meri mohabatt ki baateion bhi kuch aishi thi ,kehte hai zindagi mein ek aap jabkishi cheez ki gujarish karte ho ,ush har din apne hisse mein mangte ho ,aur vo agar apko na mile toh sayad waqt ka sath uski gujarish bhi khatm ho jati hai aur cahat bhi ,aishi baat nahi ki maine ush dekhne ki koshish nahi ye uska didaar nahi karna cahta tha ,usko vo anjaani shi khubsurat aankheion nahi dekhna cahta tha ,uski vo khushi ,aur uski vo tabusaam ,sab kuch apni aankheion seh dekhna cahta tha ,per jab usne mana kar diya toh maine bhi soch liya tha ki aab jab bhi usse milunga toh ushe apni purri zindagi ke liye hassil karna cahunga ,ye long relationship bhi kamaal ke hote hai ,mohabatt aur baateion kab gehri ho jati iska kuch andazza hee nahi hota ,jo baateion ham u hee apni nadani mein keh dete un baateion ka aage jakar anjaam hee kuch alag hota hai ,mein janta hu meri cahat bilkul nahi thi ki mein kishi aishe saksh seh milun jishe na toh maine kabhi dekha hai ,na ham dono ke sath hone ke wajood ko mahasoosh kiya hai ,aur achanak seh jab ush saksh seh mohabatt ho jaye toh sapno mein dikhne vale khwaab bhi haqqeqat lagte hai ,per ham dono ka milna khwaab nahi tha ,ek kismat thi ,ek aishi kismat jisme ham dono ish kadar bandh chuke thhe ki mein uske liye kuch bhi karne ko tayar tha ,mein toh ush waqt ye bhi nahi janta ki mein jitni mohabatt usse karta hun kya vo bhi muhjseh itni hee mohabatt karti hogi ?

kehte hai mohabatt mein khwaab bhale hee adhure hote hai ,per rishto ki pechaan hamseha ek haqqeqat ki tarah purri hoti hai ,aur mohabatt ki toh haqqeqat bhi yehi hai ki aap kishi ko agar pyar karte ho toh ye zarrori toh nahi ki aap bhi ush saksh se ushi cheez gujarish karo ,agar aap kishi saksh seh behad mohabatt karte ho toh badle mein vo bhi apko utni hee mohabatt ye zarrori toh nahi ,mein janta tha ki ki hamari baateion koi dikhava nahi hai ,hamare emotions ek dusre ke lekar ye bhi koi juth nahi hai ,phir bhi dil ke aandar kahi na kahi ye baateion bhi thi ki ye sirf ek kalpana ho meri ,mein nahi cahta tha ki jishe mein kuch hee pl apni purri duniya mann chuka vo bhi ushe bina dekhe hee ,vo din ke chand ki jaishi lagni lage ,kyunki din mein toh sirf soraj ki kirne hee aanhkeino ki pechaan banti na ki ush chand ki tarah jo ush andhere ki bahut pehle se hee gulam hai .

**"*KI AEE
KHUDA DARD
KI HAADE***

KUCH PARR
SHI HO
GAYI HAI
MERE
HISSO MEIN
PER
TUJSEH TAB BHI
EK GUJARISH
HAI
YEH TOH JEENE
KI KOI
WAJAH DE DE
NAHI TOH HISSE
MEIN
MAUT KI SAJA DE
DE."

en sab ke baad jaha usne bulaya tha mein vha pauch vchuka tha ,mujhe din ki khairat toh kuch yaad nahi kyunki jish tarah seh mein apne parivaar ke najron ke samne bhaaga tha ,ush samay mere pass sirf do kapdo ,aur ek ticket, aur kuch paisho thhe ,mein kishi bhi tarah sch vha paucha toh gaya per vikrant uncle sirf apni beti kanak ko hee nahi dhundh rahe thhe ,vo kahi na kahi mujhe bhi dhund rahe thhe ,kyunki maine railway station per unke aadmi dekhe thhe jo ki har aate jaate sakh seh yehi puch rahe thhe ki aap ne ish dulhe ko dek dekha hai ,matlab ish ladke ko dekha hai ?

aishe kaun puchta hai kishi ke baare mein kam se kam meri ek aachi tasveer toh ghar seh le aate ! mein toh bhul hee gaya ki papa ne ushi waqt meri saari tasveere jala di thi vo bhi ush havan mein jaha mein saath phere lene vala tha vo bhi apni pyaari dost ke sath .

    mujhe ush din kishi lamhe per afsoos nahi tha ,bash mein apni pyaari shi dost ka dil dhukha kar ja raha hun ,mujhe bash purre safar sirf ushi ki baateion yaad aa rahi thi ,aur uski har vo muskaan baar ! baar! sirf sam,ne dikh rahi ,mein ush waqt khud ki najron mein girr chuka tha aur afsoose ki haade kuch ish kadar tak haad tak seema paar kar chuki thi mujseh ush waqt bilkul raha nahi ja raha tha ,ishliye maine ush ush waqt kayi baar call bhi kiya ,per uska toh phone hee switch off aa raha tha ! mujhe laga vo mujseh kaffi gussa hogi ? ishliye usne apna phone switch off kar diya hai ? aur ho bhi kyun na agar sachai ush batane hee thi toh ish kadar dhoka dekar kyun ? uske samne bhi toh jakar bol sakta tha ,per nahi aishi baateion toh mere jehan mein kabhi aati hee nahi hai ,gadha hun mein bilkul ,sahi kehti hai vo mere baare mein ki mein kabhi koi sahi tarreqe ke phaisale le hee nahi sakta .

per aab en baaateion per bhi afsoos kar ke vo bhi apni mohabatt se milne ke aadhe safar mein ush waqt sayat mere liya kuch khaas nahi thi ,mujhe laga ki kanak abhi gussa hai toh kya hua ? mein jaishe hee apni usse milunga ushe man lunga ,phir kya thi meri toh mohabatt ki rel gaadee nikal chuki thi vo bhi apne rasto per jaha per ush waqt kishi bhi tarah ka yoo tarn nahi tha ,bash mein aur uski yaadeion sath thi jo mere sath ush waqt safar kar rahi thi .

khair kehta hai zindagi mein kuch haadse aishe bhi hote jinke baare mein na toh hame waqt per aehsaas hota hai ,aur na hee koi tazurba ki ushe ham kaiseh sambhale ,aab meri zindagi mein bhi kuch ishi tarah ke haadse aane vale thhe ,jisne mein ush waqt bekhabar tha ,koi andaaza hee nahi tha ki mere sath ye sab bhi hone vala hai ,ki mein

jish cheez ,yeh jish saksh ki najron seh mein ush waqt
bhaag raha tha akhir kar meri mulaqat ushi seh ho jayegi ?

"

MAHROOM
KAR DIYA
HAI
USKI HAR
EK ADHURI
BAATEION NE
CAHAT KI KASME
TOH
YAAD AATI
HAI
PER
DIKHTI NAHI
AAB KHAIRATO
MEIN
MEIN KAUN
HUN
KAISHA
HUN
MEIN YE NAHI
JANTA ?
JAB BHI
USKI
AAHAT SUNAI
DETI HAI
MERE
EN
KHWAABO
MEIN . "

matlab kyun hote hai ye haadse mere sath hee ,kyun baan jata hun mein enka hissa vo bhi na cahte hue bhi ,ek seedhi zindagi kyun nahi milti mujhe ,bachapn mein dad ki baateion ,uske baad teacher ki baateion aur aab uski baateion kyun ,kyun samna karna ker raha hai mujhe en sab ,ek sadharan shi zindagi kyun nahi ji sakta mein ,itni uljhan bhari zindagi agar aani hee thi toh ush uparvale ne mujhe hee kyun chuna iske liye ,koi aur aur kishi aur ko kyun nahi chunn sakte thhe vo,aur agar milana hee tha toh ush waqt kishi aur seh mulaqat kyun nahi karvai unhone ,vo hee saksh kyun jiske samne na toh mein kuch jahir kar payunga aur na hee kuch bol payunga ,khair meri iske aage jo kuch bhi hone vala hai uska eklauta sirf mein hee jimmedaar nahi balki uski jagah koi aur bhi hai jo barbaar ka hissedaar hai toh aage chalte hai aur ush doshi ke baare mein kuch khabre dekh lete hai ,aur usne kya jurm kiya ushper bhi apni aankhein thodi pher lete hai .

V
Thats Only Mine

Kuch lamhe hamare zindagi mein aishe bhi hote hai
jinhe ham kabhi apni yaadeion seh kabhi durr nahi karna
cahte ,per mein karna cahta tha kyunki aab mein ek nayi
sururaat karne vale tha vo bhi ush saksh ke sath jisse mein
beinteah mohabatt karta tha ,ye jante hue bhi ki mere ish

fasile ki wajsh seh kayi loge ke dil tutte hoge per kya karu
jab kishi seh sachhi mohabatt ho jaye ,tab na toh parivaar
najar aata aur na hee parivaar ki baateion sab kuch ush
waqt ek dhundle tasveer ki pechaan dikhane lagte hai vo
bhi un aankheion ke samne jishne aishai bhi kayi pal
dekha jaha uushe khushiyan sirf ushi ke parivaar ne dii hai
,aishi baat bilkul nahi thi ki mujhe dad ka vo cehra yaad
nahi tha ,unki baateion yaad nahi thi ,sab yaadeion th ush
waqt mere khwabo mein per unhe haqqeqat mein ush
waqt lana nahi cahta tha ,ish dunoiya mein agar ham kishi
seh sacchi mohabatt karte hai toh vo sirf khud seh hee
karte hai ,aur yebaateion mujhse tab mahasoosh hone lagi
jab mein apne parivaar ki baateion kanpur ki unhi
gaaliyon mein chhod kar aa gaya tha jaha mere bachpan ki
har ek yaadeion mere parivaar ki har ush mohabatt ko
dikhati hai jiski wajah maine kabhi bhi apni zindagi mein
koi dard nahi saha hai ,per mohabatt hoti hee kuch aishi
hai ,na toh isme koi pyar dikhta na hee koi dosti dikhti hai
,aur na hee samaj ki baateion ush waqt samaj mein aati hai

iske pehle maine pehle hee ye jahir kar diya tha ki mein
ush sakhs seh milne vala tha jishe na toh mein dekhna
cahta tha aur na hee ushe koi gujarish thi mujseh milne ki
,baat ye nahi thi mujhe ush saksh se nafrat thi ,baat ye thi
ki mein apne ateet ka samna nahi karna cahta vo bhi apne
bhavishya ke samne ,toh baat kuch aishi hui ki mein
kanpur seh jaishe hee goa paucha vo bhi ush saksh se
milne ke liye jishe mein kabhi mila hee nahi tha ,matlab
sirf alfaazo mein seh ham dono ko ek dusre seh mohabatt
ho gayi thi vo bhi itni ki maine apna parivaar ,kanpur ki vo
bachpan ki yaadeion ,mera ghar ,aur mere sabse pyaari
dost ka dil kaffi pehle hee todd kar chuka tha ,vo bhi sirf
uski ek jhalak ke liye ,baat ye nahi thi ki mujhe uske cehre

se mohabatt thi ,kyunki aaj tak toh mein kabhi usse mila hee nahi tha ,toh akhir ush cehre seh mohabatt kaishe ho sakti hai ,mein khud nahi janta ki mein goa kyun aaya tha ,kya sach mein sirf uski mohabatt thi jiske liye maine har vo pyar ki deeware todd di thi jishe mein kabhi todna nahi cahta tha ,pata nahi per kuch ush waqt mahasoosh nahi kar raha tha ,aur karta bhi kaishe kyuni mein toh khud kishi ka dil todd kar aaya tha ,toh vo khushi mahasoosh kaishe hoti ,vo baateion ,unki yaadeion har ek lamhe mere jehan mein har waqt mujseh yehi saval kar raha tha ki akhir kyun kiya tunne aisha ? kya zarrorat thi sab kuch theek chal raha tha ,mein kya batayun mujhe toh khud bhi nahi pata tha ki maine kyun kiya ye ? mein bash itna chta tha ki aksh aaj ham na hee mile toh behtar hoga ,kyunki na toh mein ushe aab vo khushi de payunga jo pehle do tarfa baateion ke sahare mein ushe de pata tha ,mein bash vha seh kishi bhi tarah seh lautna chata per sayad ush waqt dil ki ye manjoori bhi nahi thi mein usse ish kadar durr chala jayun ? mein ye galtiyan ush waqt toh nahi karna cahta tha varna na toh mein fidrat apne parivaar ke taraf rehti aur na hee apni mohabatt ke taraf ,per kehte hai jab sab raste khatm ho jaye toh hame ek naye raste ki taalash karni cahiye ,aur mere pass sirf meri kanak hee thi ,ush waqt jab kayi der intezaar karne ke baad jab vo nahi aayi toh maine ye mann liye tha ki uski baateion ke tarah uske har wajood ki yaadeion ek dikhava hai aur kuch nahi ,kyunki waqt ki ghariya bhi ush waqt kuch badal shi gayi thi ,subah seh sham hone vali thi per ush waqt na toh mujhe koi message kiya aur na hee koi call , mein samaj gaya yeh u kahiye ki mein khud ko ye samjha raha tha ki mein galat hun ,meri mohabatt galat har ek yaadeion galat hai ,per kehte hai jab zindagi mein aapn apni manjil ke behad kareeb hote ho toh kayi haadse apko todne ki koshishi karte hai ,aur ush wsaqt meri zindagi mein ek aur haadsa hone vala tha ,ushi apni taqdeer maun ye khud ki vo kismat kuch smaaj hee nahi aa raha tha ,kyunki jish saksh ki maine gujarisha thi aur jishe mein dubara dekhna nahi cahta tha vo koi aur sirf kanak thi .

baateion kuch samja mein nahi aa rahi mein janta hun ,kyunki ush waqt ham dono bhi kaffi hairaan thhe aur pareshaan bhi ,per sayd thodi khushi bhi thi ye usse zyada hee ,jab mein vha seh wapas ja raha tha ,apni yush umeed ko harkar ,apni ush mohabatt ko ek bewafi ki nayio tasveer dekar tabhi ush waqt vo mujhe mesage karti hai ki tum kaha ho ,mein toh aa chuki per tumhe mujhe dikh nahi rahe ho ,mein ush waqt cahta toh usse kayi saval puch sakta tha ,ki itni der seh tum thi kaha ? mujhe toh alag tum aayogi hee nahi ? ishliye mein toh jaane vala tha ? per nahi mein bilkul aisha nahi cahta mein bash bahut khush tha uhs waqt kyunki maine jo raaste chune thhe vo sayad kuch waqt ke liye hee per sahi thhe ,aur vo raaste bhi kuch ish kadar ke thhe jisse na toh hamar rishte kabhi tuttne vale thhe aur na hee mein apne parivaar ki najron mein ush waqt dubara girta kyunki ?
vo ladki koi aur nahi kanak hee thi ,mujhe pata hai aap sab ko kaffi hairaani ho rahi per ush waqt vo aklei nahi thi ,uske sath koi aur bhi tha jisse mein baateion karta tha ,jisse mujhe do pal mein hee mohabatt ho chuki thi ,jiske liye maine pane ghar parivaar aur kanpur ki vo gaaliyon ko bhi chhodne ko tayar tha ,abhi meri purri zindagi kaffi uljhi hui hai ? na toh abhi mein kuch keh sakta na hee iske aage abhi kuch batane ki riwayat ko aage badha sakta hun kyunki ush waqt mein khud samjhana cahta tha ki akhir meri zindagi mein aage hone kya vala hai ?kya kanak ki vo ladki jisse mein baateion karta tha ,agar vo hai toh uske

sath vo dusri ladki kaun hai ,aur vo dono ABHIRAJ ke baare mein kyun puch rahe hai ,aur ye abhi raaj kaun hai ?jo bhi baateion aap sab ko jald hee pata chal jayegi tab tak liye meri zindagi kuch adhure lamhe ki saugaat aap bhi samjahne ki koshish kare aur mujhe bhi samjahne ke liye kuch waqt gujarish de .

"KI ARZ
KIYA HAI
AANKHEION
MEIN
KHAMOSHI
HAI
PER DIL KI
KHAIRAT
ABHI BHI
KHUSIYON SEH
BHARI HUI
HAI
MEIN MAHROOM
TOH
HUN
USH SAVAL
SEH AAJ
BHI JISNE
MUJHE
KAYI
RAATON
TAK SONE
NAHI
DIYA .
SUNA
HAI

HUSN
KE JARIYE
MOHABATT THI
UNHE HAMSE
BEIGAIRAT GALTI
TOH HAMNE
KI
JO DIL
DIL
LAGA BAITHE .

"

www.ingramcontent.com/pod-product-compliance
Lightning Source LLC
Chambersburg PA
CBHW031005180726
47993CB00018B/1580